【句集】

KV5より愛をこめて

高田 珠芳

Shuho Takada

文芸社

まえがき

私が、今回の作品を手掛けることになったのは、約四年前のことである。何もかもが、八方ふさがりであったことは、記憶に鮮明に残る。そうした中で、ふとペンを持ち、書き始めたことがきっかけである。いつも明るく何もなかったかのように振る舞うには、ある限界を感じていた。書けば気分も落ち着くだろうと思った。

俳句というと、とても堅苦しいもののように思われるが、私は、世界で一番短い詩だと思っている。五七五の中に、自らの気持ちや風景を取り込み、作る。そんな気持ちで詠めば、気軽なものだと思うのである。

「生きる」ということをテーマにしているつもりであるが、季語にこだわることなく読んでいただければ、うれしく思う。何かを行いながら口をついて出る、というようであれば、私もうれしく思う。

タイトルの「ＫＶ５」とは、いつの日か訪れてみたい、現在エジプトで発掘中の大きなピラミッドのことである。又、句のなかにヴィルフランシュという地名が出てくるが、南フランスの町で、海は青く、限りなく透明に近い、光の美しい地中海の町である。

未完成なところを皆様の言葉で埋めていただければうれしい限りである。

高田珠芳

平成十四年夏日

手を合わせ杖も持たずに花遍路

青空にただ一粒の水蒸気

道端にただ咲いているたんぽぽの花
いろいろな夢も昔もわたぼうし

朧月　まことかこの道　生きる道

まさかとも思わぬ程に花開く

いつの日か君に逢える夏の静寂

わたくしは　色々あって幸せです

消えそうな命の傍《そば》に薔薇《ばら》の花

薄皮の奥に流るる青い涙

脈々と鼓動の音で血は生きる

砂浜に埋もれる貝の気持ちかな

この汗を嘗めてみないか蛍くん

うつろいながら水面に我を映すなり
朱黄色に染まりたくない葉もあるのかな

凜凜とりんどうみたいに生きたい私

そこはかとなく流れる秋の暮れ
こおろぎと君の寝顔に夢を見るなり

月がきて満ち引きしては繰り返し

蝉しぐれ　未練なしと生きるかな

満月にぽっかり開いた吾子の口

こんにちは月　吾子の笑顔で夕涼み

涼風に糞見つけては飛び跳ねる子

駅員になりきり吾子の旅仕度

七五三　薄紅色の初化粧
吾子の瞳《め》にきらきら光る月の雫

君といて寂しさ募る彼岸花

のまれそうな秋空の下に立っている
吊るされた干し柿になるのもよいか

もみじ山　溝も深まる目じりかな

はればれと古里《ふるさと》を背に秋の道

華の乱みだれし人は生きるなり

ただ今の私の気持ちは曇のち晴れ

信天翁　信天翁といっても海鳥よ

三十で時雨に似たる晴間かな

あさぼらけ　何知る人ぞ今日もゆく
神　仏　畜生もまた泣きにけり

冬の海　時には見たいこともあり

カランコロン涙凍って霰雪《あられゆき》
容赦無く冷たい風は吹きぬける

星降る夜は真っ暗闇にただひとり

すすきもね　風に吹かれてゆうらゆら
影ぼうしさえ一緒にいたい月の夜

おそろしき夢みて泣く子の子守り唄

吾子の手がひらり　ひらりと紅葉寺

冬の朝　麦帽かぶりし子の寝顔

吾子の手の中にあるかな石ころの夢

街中で見送る聖夜ひと恋し

霜降りた頭もいとし年の暮

バス降りて荷代はいくらと恵比寿顔
指先に頬のぬくもり感じつつ

いつの日か　ヴィルフランシュの風に

誘われて

人の世の夢か真《まこと》か花蓮華

新緑のうぶ毛に頬ずりをする私

七月四日　生まれし男子は自由に生きる

神の子と思われし子は　守り神

花火はね　きらきらきら　きらきらと

触角の上に目をもつ蝶は帰らず

にごりなき海の青さに　人魚になりきる

全身に五月雨をあびる

紺碧の海　透き通る私

むっくりと芽を出し始めるひまわり

雪が舞う　すべての人の頬にふれて
オリオンの星座に祈る心模様

サハラの砂にファラオの仮面想うとき